中国好诗词鉴赏文库

董宏猷　陈伯安　著

南山窖雪

武汉大学出版社
WUHAN UNIVERSITY PRESS

图书在版编目(CIP)数据

南山窖雪/董宏猷,陈伯安著. —武汉:武汉大学出版社,
2015.9
中国好诗词鉴赏文库
ISBN 978-7-307-15561-9

Ⅰ.南…　Ⅱ.①董…　②陈…　Ⅲ.古体诗—诗集—中
国—当代　Ⅳ.I227

中国版本图书馆 CIP 数据核字(2015)第 066578 号

责任编辑:张福臣　　责任校对:汪欣怡　　版式设计:韩闻锦

出版发行:**武汉大学出版社**　　(430072　武昌　珞珈山)
　　　　(电子邮件:cbs22@whu.edu.cn 网址:www.wdp.com.cn)
印刷:湖北知音印务有限公司
开本:950×1260　1/32　印张:8　字数:135 千字　插页:1
版次:2015 年 9 月第 1 版　　2015 年 9 月第 1 次印刷
ISBN 978-7-307-15561-9　　定价:35.00 元

前　言

张福臣

　　春去冬来，一年的轮回，时间有时快得像白驹过隙，有时又仿佛停在那不动。经过两个多月耐心的等待，《中国好诗词鉴赏文库》的封面终于浮出水面，"叶辛山水情韵"终于来到了我的桌上。一见就喜欢上了，看见了封面上的山，

　　　　"五岳寻仙不辞远，
　　　　　一生好入名山游"
就像看见的李白吟着走着来到面前。

　　　　"云龙地缝天来水，
　　　　　缝底巨石张开嘴，
　　　　　悬崖峭壁绿荫垂，
　　　　　千仞巉岩四边围。"
叶辛老师就跟在后面。是的，叶辛老师这首诗就在我眼前吟就，那是走在恩施大峡谷的雨中，今天看着这首诗就像当时的雨滴在滴答滴答。

看到了叶辛，就想起肖复兴，也就在两个月前，我和老伴陪着复兴老两口流连于汉口江滩，可巧，也是小雨中。"武汉真不错，有这么美的去处，武汉人有福！"复兴兴趣所至，张口就来：

> "轩豁一堤轩豁思，
>
> 纸鸢正是放飞时。
>
> 三叠细瀑风中落，
>
> 十里长龙月下驰。
>
> 火蓟雪樱花是梦，
>
> 石雕金刻字为诗。
>
> 白云黄鹤千载后，
>
> 汉口江滩绝妙诗。"

复兴的感慨，复兴的古诗新唱，复兴的《复兴诗草》，留在了江滩，留在了武汉。

昨在江滩，今游东湖。东湖的天上下着小雨，流到东湖地下时，成为了复兴老师口中吟出的古诗新唱：

> "竹忆桥怜水自闲，
>
> 东湖二十五年前，
>
> 迅哥对坐坪中草，
>
> 屈子行吟阁上烟。"

雨合着诗还在缠绵。徐鲁老师和宏猷兄已候在东湖边上的闲云阁。

徐鲁老师听说复兴兄来汉为"名家讲坛"讲课，提前半个多月就和我定下了为复兴兄和嫂子接风。这倒成全了我，我是最大的受益者，省下了人民币且不说，在东湖边上、在雨中、在闲云阁，徐鲁老师为我签下了熊召政先生的《故国山河集》。宏猷兄更是慷慨地献出了压箱底的大作《南山窖雪》。这是他多年的心血，也是他最疼爱的"儿子"，并且是他和他四十多年的挚友如兄弟陈伯安的唱和集。四十多年的真情，四十多年的风雨与共，四十多年的不离不弃，四十多年对文学的坚持，四十多年新诗的吟唱与古诗的情怀，《南山窖雪》是最好的见证。

不知是天意，还是一切都在冥冥之中，湖北省作协副主席刘益善老师听说我在策划出一套当代古典诗词丛书，他真诚热情地推荐了我国当代著名作家、诗人王蒙、高洪波、罗辉三位先生的大作。王蒙的《王蒙的诗》，高洪波的《几度长吟集》、罗辉的《一路长吟集》。这套丛书书稿已有 7 部，不到一年的编辑工作，算是一个段落，应该收获不小。

面对这些诗稿，我冷静下来在思索，回看当下的大形势，习总书记在北京师大参观教师节 30 周年展览时说：我很不赞成把古代经典诗词和散文从课本中去掉，去中国化是很悲哀的。同时，全国也兴起了国学热、传统文化热。同时也有了古诗词回归中小学课本的可能性，再总结这些信息的同时，头脑里时常冒出唐诗、宋词，挥之不去。特别还有那首歌词，"长亭外，古道边，芳草碧连天……"，几乎在大脑空出时就冒了出来。经常向这些老师和朋友请教及探讨这形势和现象，同时和陈伯安老师（陈老师是教育家并当了多年的教育局局长，70多岁了还在每周讲国学）共同请了一些作家学者座谈，最终我决定以上述的那7部书稿作为"药引子"，由此乘胜追击，出一套涵盖中华五千年所有朝代有代表性古典诗歌文库，即"中国好诗词鉴赏文库"一套，共40册，从当代起始，分为当代卷、现代卷、近代卷以及清、明、元、宋、五代、唐、南北朝、魏晋、春秋战国，到春秋战国时的《屈原诗集鉴赏》。

　　这是一个宏大的工程，一个雄伟的目标，能否实现，我想武汉大学出版社拥有众多名校的专家学者，更有这些鼎力支持的著名作家、诗人，他们的影响力，他们的能量都是非常大的。《唐诗三百首》、《宋词三百首》长销不衰，最有影响力的还是李白、杜甫……当代的几位大家也不差，比如熊召政的古诗词就有900多首，肖复兴的有600多首，民国时的如聂甘弩有上千首，柳亚子更甚。当代、近代也好，古代也罢，都应该传承下去，都应该作为历史，作为文学史，在我们这里存档。当代以前的古诗词已写进中华五千年的文化、文明，当代以后的古诗词不就是写进中华五千年的文化、文明、文学史吗？他们个人的素质，他们以一个作家的良心，他们的作品，他们用手中的笔书写的是对民族的担当，对国家的热爱，对生活的真实，对大自然的赞美，对文学的执著，对诗歌的情怀，他们没有用笔谋私，没有用汉字献媚，没有在灯红酒绿中打情骂俏。他们完全可以上追古人，下启新人，以自己的真情实感和对古典诗词的底蕴，写进中华五千年的文化、文明、文学史。

《中国好诗词鉴赏文库》从策划到出版成书大约需要3年的时间，我可能无力完成这个宏伟的目标了，能够把当代卷出齐，只当抛砖引玉。刚好在人生的年轮里走满一个甲子，到了洗洗睡的时候。如今回想起来到武汉大学出版社刚好5年，5个秋去冬来，5个春夏秋冬，5个轮回，也是说长不长说短不短。5年前，郭园园老师、陈庆辉社长将我引进武汉大学出版社这个平台上，这是我非常喜欢的一个平台。在这个平台上，我尽全力，争分夺秒地折腾着。5年的时间，策划出版了《中国知青文库》丛书56册，《六书坊》7辑42册，《中国好诗词鉴赏文库》当代卷7卷，还有《汉口码头》、《中国古今家风家训100则》等各类图书近50册。本人能够以出版人的良知和责任做了一些应该做的事，并做成了一些事。首先要感谢郭园园老师、陈庆辉社长给了我机会，特别要感谢的是刘爱松总编的支持、帮助和关怀。更要感谢的是全国著名作家，如白描、阿城、贾平凹、张抗抗、竹林、高红十、张承志、邓贤等有名和没出名的作者的无私帮助。最后要感谢的是我那些亦师亦友的挚友们，如叶辛、肖复兴、董宏猷、陈伯安、徐鲁、刘晓航、刘晓萌、郭小东、岳建一、晓剑、刘益善、孟翔勇等不离不弃的真正的友情。

5年能为读者，能为社会留下三套丛书，近200册有用的图书，作为出版社，作为出版人，也算是个见证，虽然没有物质上的期望值，但在当下，在未来，能够有读者，有社会上的认可，足可告以慰藉了。因此，到了快要说再见的时候，一个人的职业生涯和人生快到终点时，所作所为能够留下一点点痕迹，足矣。更何况还拥有这么多的亦师亦友的挚友们。因为都是缘分。我为拥有朋友们而快乐！我为拥有你们而骄傲！拥有你们此生无憾！

《中国好诗词鉴赏文库》，就算是一个出版人在武汉大学出版社的平台上的谢幕，不是绝唱的绝唱。

2015.9.1 于武昌

自序一

董宏猷

　　我热爱古典诗词久矣。从小学开始，就喜爱之。常在放学以后，步行至汉口交通路古籍书店，痴痴陶醉于唐诗宋词之中。小学时爱美术，也曾在自己的涂鸦中，仿照题诗，而题上四言八句。现在看来，当然是相当幼稚的。但是，再幼稚也曾是自己学步的脚印。初中下乡后，在繁重的劳作中，我开始写诗。同时，也习惯在日记和笔记本上随手记下一些旧体诗。然后，还自己手抄编写过好几本诗集。其中，也有旧体诗的《学步集》。这些"诗集"，是我青春的回忆，我一直珍藏着，保存至今。

　　也就是在下乡当知青的岁月，我开始了诗歌创作。那时的诗歌，提倡的是"古典诗词与民歌的结合"。形式上也是大致整齐押韵的。我在知青时代所创作的几百首诗歌，基本上都是这样的形式。有的还被选入当时的湖北省高中语文课本。大学毕业后，开始写小说，写儿童文学，基本上不写诗了。偶尔有所感，随意记之，亦随意弃之。未存诗稿。人到中年，与文友雅集渐多，常于百忙之中，偷浮生半日之闲，聚于画廊或茶舍。焚香，品茗，谈艺。兴之所至，则有画案在侧，趁兴挥毫。或题诗，或题跋，惜以为余兴，而未留存半片也。

伯安君，年轻时同为武汉市洪山区语文教师也，相识相知三十余年，视为平生挚友，君子之交也。伯安曾任洪山区教育局长，但本质是诗人，儒雅谦和，满腹经纶，耿直本真，仁厚童心，我曾笑称其为"唐朝人"。这些年来，只要我们同桌吃饭，伯安兄常常会以对联或吟诗来助兴佐酒。若有雅集，亦相互唱和。甲午秋月，武汉大学出版社张福臣君欲出版古体诗词丛书，相约于我，遂有机缘，与伯安兄同出一本诗词集。说来惭愧，我于古体诗词，虽从小爱之，然根基浅薄。尤其是生性好动，从小就受不得格律的束缚。偶有吟哦，打油而已。不敢自诩为古体诗词也。此次结集，才于日记、笔记之中，几番搜寻。于近年所写的旧体诗中，挑选整理，作为敲砖，以引伯安兄之玉也。遗憾的是，还有许多的旧体诗，由于随性，而无处寻找了。而整理之时，正值深秋。湖畔落叶，纷纷而下。早起散步，便爱拾一二片，或银杏，或枫叶，夹之书中，作为岁月之纪念耳。遂为这些随手拾起的树叶，取名为《拾叶诗草》。

是为自序。

甲午冬至于白璧斋

此是人間四月天，湖光山色絆紅蓮，莫道周庭無小橋，好奉左雙撥可渡仙

乙未孟夏寫獻時 徐輝一畫伍島題

自序二

陈伯安

回想起来，我的第一首古体诗，是写给母亲的。

五十年前，我用参加工作后的第一份工资，买了一大网兜梨子和苹果，并附了一首小诗送给母亲：

> 梨苹成堆大且美，母亲开始尝甜味。
> 往事千载记心头，寸草难报三春晖。

现在看来，这首类似七绝的小诗，在声律和平仄方面多有不合，且显得非常稚嫩。可是，我清楚地记得，当时母亲看了这首诗后，异乎寻常的高兴，一遍又一遍地夸奖我。并在此后二十多年的时间里，多次在不同场合说起这首诗，以至在弥留之际，母亲还喃喃地念叨着这首诗。

这首诗让我和母亲结下了深深的诗缘，同时也让我深深地领会到："感人心者，莫先乎情。"率性真情，正心诚意，是文心，亦是诗魂。从第一首古体诗开始，半个世纪以来，我都是按照这一感悟来写作，并以此作为评价诗文的重要标准。

现在，我的旧体诗词集就要和广大读者见面了，欣喜之余，自知写诗不易，写旧体诗词更难。正如聂绀弩先生所说："文章信口雌黄易，思想锥心坦白难。"我还须"终日乾乾"，继续努力。

甲午冬至于闲云斋

目　录

拾叶诗草——董宏猷诗词

观澜情思

品茗竹枝

莫负秋月春晓——陈伯安诗词联赋

悠然天地心——五绝清风

诗情自纵横——五律曲水

拾叶诗草

——董宏猷诗词

梅兰竹菊
皆君子
最爱清雅
兰美人

乙未年
徐辉画
伯安题于
东篱山房

后 湖 晨 曦

天边残月初结茧，

湖畔晨曦一线金。

水鸟未醒交颈梦，

大鱼知趣绕道行。

后湖冬雨初晴

荆楚一夜雨，

大湖吐轻寒。

水鸟识旧路，

低飞寻江南。

湖畔晨起闻卖菜

高树鸟巢睡未醒，

小船摇动满湖金。

村姑吆喝卖菜哝，

一担紫红一担青。

后湖冬日正午

大湖冬阳暖，波平微汗生。

鸥鹭浮空镜，荻花白诗魂。

渔翁困午梦，栏网懈围城。

小鱼钩不怕，偷将钓饵吞。

有　赠

东风一夜吹残雪。

又是情人节。

隔山隔水隔望眼，

梦魂何处歇？

闻君北国品飘雪。

清泉浮碧叶。

举杯欲醉忘情水，

尽是千江月。

春雨又闻卖花声

小巷藏春雨，

格窗听情丝。

忽闻乡音脆，

茉莉开几枝。

东湖红莲初放

江南梦忆又一春，

大湖微雨洗轻尘。

芙蓉清水载不动，

玉笛频催赏花人。

春 草

似有似无淡然雨，

乍寒乍暖四月天。

笑卧草地成一大，

只羡青绿不羡仙。

西 湖 春 风

难得西湖杨柳风，

桃花欲醉照眼红。

断桥风筝翩翩起，

也学情侣恋长空。

初闻春雷

红梅浮春夜，暗香沁小轩。

好雨知人意，淅淅任流连。

大湖空无语，天地独一缘。

忽闻惊雷响，陶令可耕田。

醉红莲

正是人间四月天，

湖光山色醉红莲。

莫道周庄小桥好，

李庄双湖可成仙。

【附】双湖者，严东严西两湖之谓也。余在湖畔度过青春岁月，今日重游，感慨系之。

东湖夏雨

江南夏雨江北云，

碧荷如洗暑气清。

一天情丝无诉处，

说与东湖游鱼听。

夜　钓

月黑风高雾未开，

渔翁悄然撒夜霾。

手电巧布光明饵，

大鱼无数上钩来。

初夏闻卖花声

青石小巷古墙边，

栀子清香沁窗前。

卖花少女乡音俏，

花枝斜插头绳间。

无　题

离岸何处系兰舟？

红莲遥望沁乡愁。

莫道易安黄花瘦，

随意芬芳不自由。

七夕大热

江南七夕暑气蒸，

汗湿鹊背桥未成。

牛郎泅渡会织女，

夜半银河水正温。

人 淡 春 雨

茶香秋梦后，

人淡春雨中。

野渡无人问，

任尔各西东。

自度曲·七夕

万里江涛昨梦非，哪堪秋月如许。嫦娥似侬，牛郎似我，长盼佳期久矣。

迢迢银河无野渡，不忍乘风归去。瓜棚此夜应有耳，卧听天上悄悄话，寒窑好，灯火红，衷情诉处星如雨。

松鹤先生丽江归来犹记茶香

丽江归来不看江，

东巴如画晓梦寒。

红泥烹茶三面坐，

留将一面待梅香。

【附】清何钱《普和看梅》："小几呼朋三面坐，留将一面与梅花。"吾甚爱之，遂化用作此诗。

冬游杭州西溪

杭州冬雨歇，西溪寒鸟生。

老树存古意，荻花有禅心。

水巷通灵境，湿地蕴新春。

六根得干净，清气满乾坤。

西湖夜游口占

暮从孤山下，银河落西泠。

小小初梳妆，宏猷湖畔行。

断桥邀明月，苏堤听古琴。

忽闻腊梅香，已到放鹤亭。

灵隐僧舍晚斋歌

晚斋刚用罢，结伴下山行。

漫步红尘里，手机响不停。

柳林逢英台，断桥遇小青。

景随色空转，无处不心经。

寒 夜 思

独坐寒夜里，静听天籁音。

雪落三千院，茶伴一尾琴。

迢迢横银汉，清清共冰心。

始悟易安苦，缘何长思君。

长江轮渡有感

万古长江水，江南江北渡。

往来如穿梭，情丝织无数。

银汉鹊桥仙，赤壁英雄路。

发心船自在，天堑挡不住。

冬日梦万里茶路

梦里梦外皆春水，

江南塞北共一灯。

君去天涯应遥记，

青花幽兰茶正醇。

咏 桃 源

映象何以有桃源，

自然自在半成仙。

山重水复心有路，

菩提原来在人间。

悬浮有感

一飞悠然天地间，

穿云破雾任浮悬。

不去广寒牵长袖，

南山种豆也成仙。

沪上秋雨

又见虹桥烟雨中，浦江高楼欲穿穹。

拥堵哪堪昼与夜，高架还须抱九龙。

少年犹在三毛老，天涯何处百乐风。

且寻弄堂品黄酒，五花烧肉醉一盅。

【附】赴上海儿童出版社开会。路经高架桥，忽见九龙柱，传说当年架桥需龙之神助。少年者，《少年文艺》也。三毛者，上海漫画家张乐平所画也。百乐，百乐门，上海演乐之符号。

雨中游太行

云蒸霞蔚莽太行，银河如瀑空山喧。

峡谷幽深开天缝，栈道缠绵伴清泉。

枫叶偏邀红杏闹，豪情更在雨中添。

包谷酒酿谁先醉，弹痕犹在密林间。

太行风雨放歌

云黑天欲坠，雾重山无形。

路旋盘不散，雨劲扫且横。

风寒歌更亮，人挤情愈真。

太行我与共，秋红柿丹心。

【附】天天出版社安阳笔会。游太行，遇风雨。众作家为御寒而挤在游览车上齐声高歌。一乐也。

西行瞻仰西征烈士墓

西行大戈壁，长风送乡音。

满眼无名墓，大别梦中人。

含泪祭英烈，回首省西征。

且待明月夜，静听《送红军》。

【附】中国作家协会"东部作家西部行"之途中，路过当年红军西征之烈士墓。烈士多为大别山儿女。

车 溪 歌

清清五彩溪，灿灿腊梅峡。

水车摇纸坊，酒香醉农家。

竹林空小径，云窟抱禅花。

一声撒尔嗬，幺妹出嫁哒。

【附】车溪，湖北宜昌之风景区。有山洞名云窟，有观音像也。"撒尔嗬"为土家族民间歌舞，分外醉人。

忧草原

骑马寻草原，天远牧草稀。

羊群飘不动，风吹无绿漪。

【附】希拉穆仁草原成旅游景点，因过度放牧，骑马遍寻草原不见。

呼伦贝尔草原夜归

天边晚霞残未尽，

草原如银月色新。

轻骑踏月恍如梦，

醉听鸿雁传心声。

自驾赴乌兰巴托

一进蒙古便寂寥，草原无路任飞飘。

苍穹只余天地我，旷野幸有蒙古包。

月作天灯狼作伴，断箭残戟铁未销。

长夜歌吼无人应，铁骑何在风萧萧。

车过温都尔汗

温都尔汗车未停，

初闻惊雷正年轻。

当年大别红军梦，

可知终点坠流星。

湖北茶叶代表团赴俄有感

一叶清香润古今，汉口风帆载茶行。

雄关万里青砖路，驼铃一线赤子心。

恰克图近家山远，彼得堡过欧陆迎。

中俄百年通茶道，前缘再续黄鹤情。

【附】汉口历来为茶叶之港，亦为当年中俄万里茶路之起点。昔日中国茶由汉口运至当年中俄边境恰克图，再转运至俄国各地，乃至欧洲。

京城飞俄重续万里茶路

北国天高雁飞轻，

穹庐如洗任我行。

万里茶路今又走，

欧亚续写新茶经。

【附】2014年秋，湖北省茶叶代表团专程赴俄，续写万里茶路之新篇。

红场有感

红场红墙红五星，

天真无邪是鸽群。

百年铁血风雷过，

寰球何时共太平。

莫斯科郊外放歌

夜色轻笼莫斯科，

月色如银吻小河。

当年山乡风雪夜，

何人犹在听我歌。

【附】当年知青下乡，怀揣《外国名歌 200 首》，而《莫斯科郊外的晚上》是知青相聚最爱之歌。

莫斯科夜暮忆秋白

俄乡秋夜忆秋白，

布衣求得主义真。

长汀高歌唯一笑，

暗香犹在月黄昏。

【附】瞿秋白当年赴俄，著有《俄乡纪行》，后来牺牲于福建长汀。临刑前高唱《国际歌》，从容就义。

万里一面，忽又临别

曾经江楼烹秋霜，

又赴涅瓦品冬雪。

万里一面又挥手，

不让泪眼湿新月。

【附】俄罗斯茶人半月前曾来武汉，此次又在俄罗斯见面。万里而来，一杯茶即走。行色匆匆，离别依依。

涅瓦大街画摊

画摊拥堵列宾门，

满眼宠物赛娇嗔。

当年纤夫今何在，

油画无油俱断魂。

【附】俄罗斯油画家列宾的代表作为《伏尔加河纤夫》。

江南大雨念康定地震

甲午冬，江南大雨，忽闻康定地震，念念

冬雨入夜响不停，天地一片潇潇声。

吴越有云皆化水，巴蜀无山不洗魂。

贾岛敲门伞可健，枫桥独眠愁更生。

最念康定地震后，救灾帐篷可进村。

南山窖雪

江北夜深，孤灯独红。罢笔品茗，听古琴叮咚如诉，得诗一首。

又见新荷老旧池，花开花落两由之。

落木有情恋故土，流水无心绿溪石。

高天雁阵人渐远，西窗红烛为谁痴。

且归南山窖雪去，一潭冰心一潭诗。

甲午中秋闭门写作

书作墙壁画作窗，

佳节正好写文章。

四海喧腾我独静，

丹桂有情正飘香。

红薯歌

铁炉泥膛内，红薯正过冬。

一烤成泥醉，犹记山里红。

心实缺窍眼，嘴笨不透风。

一身泥土气，吾亦在其中。

【附】红薯，武汉人称为红苕，亦引申喻老实人傻瓜为苕，苕货。吾从中学时代起，常被人喊为"苕"也。

大 米 谣

米粒何其小，万物唯其大。

大米大悲悯，一种济万家。

春田孕蛙鼓，秋实话桑麻。

永恒何须庙，粮仓胜碑塔。

玉 米 情

一田如掌挂长峡，

晨种包谷下悬崖。

郎是祥云姐是雨，

收得黄金嫁郎家。

【附】鄂西和三峡地区，常见山上有巴掌大一块玉米地。当地人称玉米为包谷。

重度雾霾有感

久在雾乡为雾奴，每见蓝天便眩晕。

海燕逐浪迷灯塔，大雁南飞乱阵形。

城乡朦胧见不怪，江河混沌鱼成精。

何日还我乾坤净，驱扫雾霾赖长缨。

冬日访行吟阁

冬日遇屈子，湖畔独行吟。

须发白蒹葭，衣衫残荷裙。

不见蓝天久，犹识雾霾新。

路漫且修远，愿伴求索行。

偶　感

最是男人会撒娇，欲擒故纵扮琼瑶。

梁山招安先造反，华清醉酒后吹箫。

朱门敲砖茅盾窖，红楼喷粪树人飙。

自古文坛苟且事，粉墨登场是清高。

咏手机

十亿人民十亿机，当今网络最牛逼。

大城万人皆俯首，小楼独宅不孤寂。

一卡能吞千古事，决胜全在毫秒间。

最囧情侣缠绵后，枕边各自聊闺蜜。

远郊新居

天寒大湖冷，地偏小蜜稀。

出门呼麻木，取暖偎老妻。

不觉青山远，但笑楚天低。

入市人眼怪，才知泥粘衣。

【附】武汉人称三轮车夫为"麻木"，盖因其爱酒常醉而麻木也。后引申为用电动车揽客之司机谐称。

答友人

心底无私天地宽，

坦荡何惧鬼敲门。

诽我绊我随他去，

燕雀岂是同路人。

冬日午睡醒来慨作

秋去云渐老，冬临荷俱残。

人疲思午睡，腰闪怕夜寒。

关机为养静，看球谁称王。

磨砺三尺剑，来年取楼兰。

摇 青

武夷春月近天心，

空山群蛙似鸭鸣。

嫦娥犹记采茶去，

夜半禅房正摇青。

【附】五一前夕，萃辰同修再赴武夷山，初抵天心禅寺，月上中天也。而远处禅房灯火通明，正漏夜忙春茶之摇青也。

武夷山夜诵金刚经有感

春夜上武夷，

禅堂夜诵经。

今生得皮囊，

前世是何人。

五月一日闻天心禅寺晨钟

夜半梦正甜，忽闻群山嗡。

惚兮钟撞我，恍兮我撞钟。

天地唯一响，恒河沙自空。

心随钟声去，坐禅明月中。

早 课

梦中忽闻晨钟，速起而至大殿早课，感慨系之。

武夷晨钟天未明，

大殿已传诵经声。

寒来暑往僧渐老，

水滴石穿是修行。

聆听泽道师教诲，顿悟口占

万物皆生命，一呼一吸中。

吞吐海常健，起伏山自空。

奔腾龙马意，吹拂杨柳风。

无我我犹在，豪唱大江东。

大 别 山 歌

最甜江淮水，最美大别山。

大功于华夏，朴素如杜鹃。

闹红八十年，理想高于天。

世界风云变，大山总巍然。

把酒祭英烈，挥汗创新篇。

民族脊梁在，永恒大别山！

天兴洲火炬手迎奥运

浩浩长江水，萋萋天兴洲。

烟波横玉带，白云浮琼楼。

扬帆赢奥运，奋力竞中流。

携手向东海，圣火耀全球。

赠伯安兄

自古君子追圣贤，

从来帝王爱和珅。

月在天心书在手，

不辞长作唐朝人。

白发迎风

轮番风雨花开谢，（伯安）

辗转春秋燕去来。（伯安）

白发迎风随他去，（宏猷）

青山拍遍任剪裁。（宏猷）

题李庄古宅群

满眼风光满卷画，（伯安）

一湖烟雨一方居。（伯安）

劫中藏得古宅在，（宏猷）

一砖一瓦一史书。（宏猷）

辛卯新春雅集

每到岁末偏淡雅，（伯安）

清香可人是水仙。（伯安）

红梅最宜雪中看，（宏猷）

东坡卓立有稼轩。（宏猷）

巴土雅唱

伯安巴土人家邀饭，天心弟子亦来，青梅煮酒，打油佐餐，不亦快哉。

姹紫嫣红出天心，

鹤发童颜皆有情。

青梅煮酒图一快，

不论英雄论丹青。

题咏木兰红

甲午冬至，映象桃源主人陶德峰君至天心书院品茗，出题以咏木兰红，伯安、宏猷即刻唱和而成诗也。

自古木兰红天下，（伯安）

从来桃源幽南山。（宏猷）

相约荷锄采菊去，（伯安）

一壶秋月醉前川。（宏猷）

听新亚君鸣琴

江南秋雨歇，忽闻古琴翩。

明月出天山，落花响林泉。

悠悠接八荒，渺渺思七贤。

书道如琴韵，心醉已忘言。

【附】陈新亚君，书家也。善古琴。最喜书画诸友雅集中，焚香一，烹茶二，凝神听泉，欣然挥毫。

贺丁承运先生

初七吉日，著名古琴大师丁承运先生七十大寿，先生的亲友学生雅居武昌琴心堂，为先生贺寿。现场赋诗以贺：

古琴逢春喜七弦，一声清韵一重天。

流水有源南阳梦，白雪无痕江汉烟。

琴瑟和鸣巴山雨，神人共畅泛川泉。

伯牙流觞尽桃李，广陵不散在人间。

【附】流水、白雪、神人畅、流觞、广陵散，均为古琴曲也。

对诗忽到饭点

与友人网上对诗，正得雅趣，忽闻大呼：饭点到啦！不觉莞尔。

鸥鸟衔雅趣，湖柳醉春烟。

凭栏揽太虚，独奏思七贤。

樱花白江南，桃李红楚天。

午餐菜谱好，冬瓜烧肉丸。

忆曼君先生 （二首）

其一

江城十月正清秋，

丹桂飘香湖蟹熟。

举杯邀月传思念，

却报驾鹤逍遥游。

其二

人生最贵师生情，先生风采记犹新。

慷慨激昂说《呐喊》，谈笑娓娓论沙汀。

黄陂办学地铺挤，长江放歌三峡行。

难忘寿辰青春舞，魏晋风骨耀古今。

【附】1. 当年到黄陂农村开门办学，黄曼君先生和我们班同学们一起，在农家打地铺睡觉。

2. 黄老师曾带我们到长航编辑黄声笑诗集。

3. 曼君先生七十大寿时，台湾余光中先生称其为魏晋风骨。

哭 石 头

惊闻烹饪大师汪哥仙逝，不胜悲痛，汪哥小名石头，昔日街坊也。手机传诗，以哭斯人。

潜心学艺楚天行，建功立业老会宾。

技高能烹千湖浪，手巧敢烩万家春。

身为大师育桃李，甘当人梯见精神。

江城一夜尽缟素，黄鹤依依送斯人。

贺于尚斌兄《军垦恋情》付梓

其一

天山牧马十五春，

历经炼狱未沉沦。

乌兰牧骑笛韵在，

留得丹心铸楚魂。

贺于尚斌兄《军垦恋情》付梓

其二

脚打石膏写青春，

往事如潮夜拍门。

今日杏坛一魁首，

曾是刑场陪斩人。

【附】尚斌兄当年赴新疆军垦，"文革"遭难，曾陪斩。

雅集三曲

丁亥元宵，伯荣请饭。书法村诸友雅集，席间打油。

其一

赠刘柏荣

悠悠红糖水，暖暖正月天。

草到江南绿，月是浦江圆。

探戈东湖浪，华尔磨山旋。

人生快知己，相舞独一缘。

【附】柏荣君，油画家，人帅，舞佳。

其二

赠吴林星

铁齿铜牙吴林星，

青田犁遍见精神。

秦风汉雨随它去，

六经注我是西泠。

【附】林星君，金石家也。

其三

赠梅春林

少年贫困忆蕲春，

每见炊烟便掉魂。

为何报名参军去，

不做空腹砍柴人。

【附】春林君，画廊主人，国学家也。

咏书法村

武汉一批书法家之雅集，名书法村也。

自将翰墨认山村，

曲水流觞绕兰亭。

且种篆隶楷行草，

二王米苏皆村人。

赠俊超君

笔走龙蛇初识君，

清新俊峭见精神。

留得汉唐雄风在，

不辞长作竹林人。

【附】俊超君，书法家也。

台州黄岩答文联主席毛君

千年黄岩好，蜜橘美名扬。

山药牡丹紫，荸荠荷花香。

人皆朱夫子，水醉李谪仙。

流连长相依，步步是诗篇。

【附】1. 黄岩的山药是紫色的，荸荠也是特产。

2. 我讲课的樊川小学是朱熹曾经讲学的地方。

丁亥新春有感

其一

丁亥大年初一，忙于赴亲朋家敬新香也。

韶华飞逝又一春，

新香频添悼故人。

老友相逢唯一拜，

不问贤达问健身。

丁亥新春有感

其二

正月初八，与妻逛书市回家。蒸烧梅，鸡汤煮白菜苔，简单午餐，并劝吃素也。

春梅开过烧梅开，

鸡汤掺水煮菜苔。

当年英气今何在，

青春常伴素食来。

李涛家茶叙后赴黄泥岗午餐

白墙黑瓦中国院，

黄泥土岗粉蒸肉，

明前新茶后湖水，

一洗浮生半日愁。

汉唐文化艺术村开村口占

卓刀泉边文化村，

依山望水聚楚魂。

汉风唐韵看不够，

云长也是品茗人。

雪山眼

摄友赴藏，途中拍雪山下两眼海子，有感而题。

自古建筑皆心造，

从来词赋因情生。

镜头恰似雪山眼，

空灵透明两乾坤。

题友人小菜园

我家有菜初长成，

菜苔新紫萝卜青。

且待红梅迎雪放，

围炉小酌话新春。

年生诸友自驾赴西藏摄影，过天险遥祝

一条通天路，十万牵挂心。

罡风吹不断，总是故乡情。

山高月可揽，峰险云更亲。

东湖无限酒，殷勤静盼君。

华师中文系七四级同学聚会有感

一别桂子四十秋，同学少年已白头。

眉眼依稀须辨认，昨日重现笑渐稠。

话长几多叹聊斋，揭短曾经恋红楼。

豪情再约百年会，青山长在水长流。

农事七章

武汉蔡甸区，原名汉阳县也。我曾作为知青下乡到汉阳县。甲午夏，蔡甸区欲编撰竹枝词集，征稿于我，遂有梦忆矣。

扯 秧

夜半扯秧梦未停，

满田蛙声满田星。

蚂蝗钻腿扯不断，

任它吸血到天明。

栽 秧

春雨濛濛秧满田，

低头插动水中天。

一行青秧一行路，

退步原来是向前。

抛 秧

哥到大田来抛秧，

妹在田中瞟情郎。

只要秧苗抛得好，

把哥栽在田中央。

割　麦

江南入夏小麦黄，

家家户户磨镰忙。

幺妹送哥新袖套，

明朝割麦防麦芒。

双　抢

农家最忙是八月，

抢收抢种不停歇。

中午树荫偷一觉，

便是人间好时节。

农　忙

饭在锅里等人吃，

天天开的流水席。

回家倒头就做梦，

一屋鼾声八脚泥。

扯棉梗

平原农活有三狠，

栽秧割麦扯棉梗。

千花万树都奉献，

只留温暖满乾坤。

汉正街老字号十章

武汉硚口区编撰《汉正街竹枝词》，奉命写以下老字号也。

老大兴园

升基巷内大兴园，

最是鮰鱼美味鲜。

红烧粉蒸入口爽，

鮰鱼大王传百年。

【附】老大兴，清道光十八年由汉阳人刘木堂创办。原址在
汉正街升基巷，以做鮰鱼闻名。

黄志成杂货店

杂货海味任批发，

又帮托运又让价。

日进白银两万两，

火轮回乡看桂花。

【附】黄志成，清光绪十六年由咸宁人黄翰丞开办，主营海味杂货。其老宅与我家一竹林之隔，亦为亲戚也。

老同兴酱园

永宁巷内老同兴,

金鸡酱油工艺新。

酱菜腐乳鲜又美,

油辣萝卜号寸金。

【附】老同兴酱园,民国三十五年由李国治在永宁巷内创办。其金鸡牌酱油长年畅销。

老林川酒楼

襄河边上老林川，

经营鄂菜美名扬。

虾籽海参碗鱼好，

开花馒头格外香。

【附】老林川酒楼，民国三十五年开业，以经营鄂菜闻名。

郑大有药房

悬壶济世中药堂，

人参燕窝也入行。

与时俱进郑大有，

汉口首家西药房。

【附】郑大有药房，清光绪二年由安徽人郑家茂创办。

大有庆槽坊

要喝好酒到硚口，

正宗汉汾数大有。

清晨抬酒沿街送，

和尚闻香也回首。

【附】大有庆槽坊创办于清光绪年间，其汉汾酒驰名武汉三镇。

毓华茶庄

毓华原名抱云轩，

名茶荟萃品种全。

茶庄名扬巴拿马，

茉莉白兰香楚天。

【附】20世纪初，安徽人江伯良在汉正街开设抱云轩茶庄，其自制六安名茶曾获巴拿马国际博览会金奖。

普 爱 医 院

普爱起源礼拜堂，

救死扶伤把教传。

沧海桑田医德在，

最美南丁格尔砖。

【附】普爱医院创办于 1864 年，是鄂省最早的西医医院。

邹协和银楼

银匠铺里当学徒，

兄弟联手开银楼。

呼金唤银名声起，

却被黄金砸了头。

【附】邹协和银楼，20 世纪初，由江西邹氏兄弟创办。曾为武汉最大之金号银楼。

永茂礼号

汉口商界八大行，

盐业首富胡赓堂。

盐白价黑牟暴利，

不敌鸦片索命郎。

【附】永茂礼号，江西人胡赓堂同治十一年创办。武汉盐业首富。

莫负秋月春晓

——陈伯安诗词联赋

三秋⋯君今古陰、删繁就简专浮華、至心常
見低頭萧傲皆示平卿雨花肉點专彩剩百姓
作箭云韻醉琉霞板橋筆墨畫難安以竹為
師城大富
　乙未年冬徐種岳作陈竹静芥题

秋 思

灵山好个秋，

尽兴作云游。

犹记扣冰饮，

空杯意未休。

【附】"灵山"，指福建武夷山。这里茶香岩韵，碧水丹山，是世界"双遗产自然保护区"。唐咸通十五年（874年），扣冰古佛（即藻光禅师）在山心庵（今天心永乐禅寺）结庐修证。

烟　雨

嫩寒浸秋桐，

绿叶渐染红。

淡淡烟雨重，

无言对苍穹。

【附】窗外下着秋雨，一丝寒意，几分萧瑟。淡淡的烟雨，使人感受到的，岂只一个"重"呢？此刻的"无言"，也是"无声胜有声"。

茶 味

茶淡味方永，

草香伴鸟眠。

吟哦情切切，

知己在山巅。

【附】茶淡茶浓皆有情，淡到极处是浓时。个中三昧，唯山巅知己可知。"知己"者谁？境界高远之人也。

偶　思

闲来松间坐，

忙里事上磨。

随意春芳去，

秋风红叶多。

【附】一本名为《闲来松间坐》的茶书，引发情思。人生的况味，恐怕就是在这一忙一闲中吧。

悟　禅

世上千般好，

我心独爱禅。

书房面壁坐，

胜似在深山。

【附】何为"禅"？赵州和尚的一句"吃茶去"极妙！如茶到口，其味自知。爱禅之人，随时皆可修禅，岂只在深山中呢？

琴

平生独爱琴，

常伴清歌吟。

一曲微茫意，

悠然天地心。

【附】学生赵婷，喜诗词，善古琴。我为其琴起名"春鸟"，并以此诗赠之。琴师之真境界，恐怕就是在这俯仰之间，与天地之心悠然相会吧。

赠 学 子

心中如自固，

外物岂能迁。

宁静致高远，

畅怀三百篇。

【附】心中何以"自固"？能"畅怀三百篇"者，必能自固矣。"三百篇"源于孔子评《诗经》之言："诗三百，一言以蔽之，思无邪。"其后又有《唐诗三百首》继之。

四　季

春江花月夜，

夏雨荷风亭。

秋水林泉鸟，

冬炉雪酒琴。

【附】听何祚欢先生讲《春江花月夜》，始信闻一多"孤篇盖全唐"之断语。继思之，"春江花月夜"之美好境界，由五个名词组成，中国文字之妙尽含其中！遂作《四季》诗，庶几不负好诗与好课也。

武夷诗草 (六首)

(一)

重来碧水丹山里，

沁入心脾茶味浓。

犹记祖庭拜老树，

回甘诗意荡心中。

【附】2014 年 11 月 17 日至 18 日，赴武夷山参加第八届中国禅茶文化节，旧地重游，感慨良多。遂成《武夷诗草》六首。

（二）

岩韵丹山天下秀，

一方水土一方茶。

红袍更赋灵馨气，

九曲长舌说妙法。

【附】武夷山大红袍名满天下，六株大红袍母树，年年受人祭拜。环绕丹山的九曲溪，为这方神奇的土地，增添了无穷的灵气。东坡名句"溪声尽是广长舌，山色无非清净身"，在此早已脍炙人口。

（三）

茶和天下古今传，

禅净人心甘苦间。

一句吃茶无限意，

无需言语只需参。

【附】武夷山国际禅茶文化节的主题，是"茶和天下，福满人间"。茶文化博大精深，流传古今。窃以为既云"茶道"，必是"道可道，非常道"，只须自己吃茶，细加参悟罢。

(四)

古刹留得一净土，

名山经历千年劫。

而今香火缭缭旺，

天下共织和合结。

【附】武夷山天心永乐禅寺，已有一千二百多年的历史。而今，不仅新庙建成，老庙也面貌一新。香火日旺，信众如云，呈现一派和合气象。

(五)

菩萨造像美绝伦，

再现晶莹剔透身。

悟得慈航普度意，

明心见性修今生。

【附】2014 年 11 月 18 日上午，参加武夷山天心永乐禅寺"观音殿落成庆典暨佛像开光仪式"。十二尊美轮美奂的观音菩萨造像赫然在目，栩栩如生！瞻之良久，法喜盈怀。

（六）

高僧大德一声开，

倒海排山破浪来。

感受佛陀无量法，

常持心咒扫阴霾。

【附】海峡两岸的高僧大德，为天心永乐禅寺观音殿佛像，举行隆重的开光仪式。接连不断的"开"声，让人感受到无穷的力量。

寄 语

人言滴水可穿石，

我道成功莫畏难。

试看古今多少事，

霞光灿烂数雄关。

【附】"一夫当关，万夫莫开"，可见破雄关之难。然"无限风光在险峰"之理，又激励了多少英才，去领略"霞光灿烂数雄关"的壮美！

悟　道

一轮明月照天心，

悟道品茶话古今。

慧眼一开观世界，

悠然自在觉身轻。

【附】《金刚经》有"五眼"之说：肉眼、天眼、慧眼、法眼、佛眼。悟道之本质，是从迷到悟，使我们慧眼大开，发现与追寻美的世界。

国 魂

百代诗风宗楚辞，

涉江天问苦行吟。

九歌犹唱国魂在，

一赋离骚万古心。

【附】自《离骚》出，中国才有了真正意义上的诗歌，故《离骚》中有国魂在。鲁迅评价司马迁的《史记》，乃"无韵之离骚"，盖有深意存焉。

菩 提 树

菩提圣树越千年，

阅尽风霜神自闲。

慧叶悠然飘落下，

收藏几片作书签。

【附】数年前，去广州光孝寺。该寺是当年六祖惠能讲经说法之地。寺内有一株千年菩提树，老干新枝，苍劲朴茂，酷似佛陀。我随众在树下捡拾菩提落叶数片，至今珍藏在最爱的书中。

中秋思友

不放中秋佳日过，

神游携手上高台。

吟诗作对邀明月，

呼唤吴刚拿酒来。

【附】中秋佳日，最能抒发人们的歌秋情怀。这里所抒发的，是李白式的潇洒与豪放。

幽 梦 影

参禅不向庙中求，

悟道法门各自修。

万丈红尘幽梦影，

心空明月清泉流。

【附】本诗借用《幽梦影》书名，表达空灵的禅意。该书是清代张潮的一部清言集，被人们誉为"才子之书，亦大思想家之书"。读此书，使人自觉减少了俗气，增添了韵致。

题《潜玩诗社》

学子纵谈今古事，

才华初露奇花红。

早飞雏鸟立宏志，

明道潜玩梦寐中。

【附】几个志同道合，富有文学才华的学生，组成了一个诗社，我为之起名"潜玩诗社"。"潜"者，研究也；"玩"者，把玩也。做任何事情，若能"潜玩"之，则可成也。

参 茶

无边明月无边风，

参透古今悟始终。

百味但知茶味好，

高情已逐一杯空。

【附】无极而太极，大千世界无始亦无终。如何参透玄之又玄的宇宙大道？还是从一杯茶的"真空妙有"中，慢慢领悟吧。

秋　意

自古秋思无限长，

几多豪气几悲凉。

人生经历沧桑后，

芳草天涯处处香。

南山窖雪

【附】"一叶落而知天下秋"。秋，总是牵动人们的情思。"豪气"也好，"悲凉"也好，秋天毕竟是美好的。一句"秋水文章不染尘"，道尽了秋的美好！

福

我是众生我是佛，

能观自在能糊涂。

容得天下难容事，

一笑引来千万福。

【附】世间福佛不二，佛乃觉悟之众生。人生最大的福是什么？是自在。何以自在？求自在，不自在；观自在，自然自在。

茶里茶外

茶里茶外藏真趣，

几多人情在玉壶。

甘醇苦涩都经过，

浓也淡来有亦无。

【附】品茶即是品人生。茶有苦涩甘醇，人有酸甜苦辣。若能在品茶中，品出一点人生的况味，那就是"茶禅一味"了。

色　空

少时最爱逐春风，

老至唯余悟色空。

山水之间翁醉意，

幽篁独坐伴茶盅。

【附】少读王维诗句"独坐幽篁里，弹琴复长啸"，总不能理解。随着年岁的增长，不觉渐渐开悟，一切都在"色空"中。

吃 茶 去

茶味不知何处觅，

卢仝七碗皎然茶。

赵州一句吃茶去，

参透兴衰国与家。

【附】历代茶诗中，唐代卢仝的"七碗茶"和皎然和尚的"茶三饮"，写出了品茶的至味！而唐代高僧赵州和尚的"吃茶去"，则道破了"茶禅一味"的真谛。难怪赵朴初要说"空持百千偈，不如吃茶去"了。

乡　情

人生处处有青嶂，

月有阴晴日有光。

回首向来萧瑟路，

月圆花好是家乡。

【附】"回首向来萧瑟路，也无风雨也无晴"，乃苏东坡词句。

乡情，对于游子来说，是最为珍贵的一瓣心香。话为乡音好，月是故乡明。

清 欢

闲来诗兴入笔端，

无事将书随意翻。

静夜香茶常伴我，

人生有味是清欢。

【附】清欢，是一种清雅的趣味。虽其淡如水，却久而弥浓。而浊欢，虽其甘如醴，却转瞬即逝。

听 古 琴

天籁之音出指间，

行云流水伴琴弦。

恍如独坐空山里，

心醉神驰浑若仙。

【附】古时伯牙抚琴，钟子期听之，高山流水遇知音！抚琴者和听琴者，若能于"心醉神驰"中物我两忘，那就离"天籁之音"不远了。

四 季 歌

冬炉雪酒琴诗意，

秋水林泉鸟有声。

夏雨荷风亭外景，

春江花月夜归人。

【附】本诗是前录五绝《四季》的姊妹篇。于《四季》每句后各加两字而成七绝。两诗异曲同工，而又各有其趣。中国文字之妙，于此可见一斑。

赠国俊

平生醉意丹青里，

笔墨常新见性情。

高蹈远俗师造化，

画中风骨蕴文心。

【附】著名画家李国俊，系我同窗好友。早年师从闻钧天先生，后另辟蹊径，形成自家面貌。其画"高蹈远俗"，笔墨中"见性情"，风骨中"蕴文心"。

观柳永纪念馆

心性且随流水乐，

老夫聊发少年狂。

白衣卿相是知已，

岩韵泡开九曲肠。

【附】福建武夷山有柳永纪念馆，入观之，生平事迹甚详。其词，为婉约派的代表，北宋以降，影响极大。"凡有井水处，即能歌柳词。"故被时人称为"白衣卿相"。

偶　感

婉约豪放岂隔墙，

茶酒皆能润诗肠。

柳永东坡词章在，

晓风残月映大江。

【附】宋以后的诗评家们，都将诗风与词风，分为豪放、婉约两派。其实，婉约中有豪放，豪放中有婉约。即使同一诗人，也时见豪放，时见婉约，不可胶柱鼓瑟，自设门墙。

大唐情怀

爱吟白日依山尽，

常读床前明月光。

每遇笔头灵气少，

便骑诗马到前唐。

【附】好作品都是借鉴与创新的结晶。借鉴是创新之基础，创新是借鉴之升华。借鉴奠其厚度，创新见其高度。

世　味

世味苦甘云水淡，

人情薄厚禅心平。

快哉坡老吟啸处，

风雨飘摇也是晴。

【附】东坡当年被贬黄州，高吟一曲《定风波》："莫听穿林打叶声，何妨吟啸且徐行。竹杖芒鞋轻胜马，谁怕？一蓑烟雨任平生。　料峭春风吹酒醒，微冷，山头斜照却相迎。回首向来萧瑟处，归去，也无风雨也无晴。"

幽　思

静对清玄一炷香，

轻烟飘渺幽思长。

悟得今古参禅意，

物我两忘妙谛藏。

【附】"四诗风雅颂，三道香茶花"。"风雅颂"何为四诗？盖因大雅、小雅之分也。香与茶一样，同为天地之灵物。白居易写香名句曰："闲吟四句偈，静对一炉香。""四句偈"乃《金刚经》之真言："一切有为法，如梦幻泡影。如露亦如电，当作如是观。"

清 趣

家有藏书真富贵，

心无挂碍小神仙。

千金难买是清趣，

浮世最珍半日闲。

❧❧

【附】古人云："富润屋，德润身"。本诗则云"书润屋"也。俗话说，富不过三代；书则传数代乃至百代而不竭。"腹有诗书"之人，不唯"气自华"，亦且"趣可清"矣。

无　题

三朝禹汤文武，

四大地水火风。

百代兴亡二字，

万劫空色本同。

【附】近有《醒来》一歌，中有歌词云："从古到今有多远？
笑谈之间。"与明代杨慎《临江仙》词句："古今多少事，都付笑
谈中"暗合。佛家讲"四大皆空"，《心经》讲"色空不二"，都
是领悟人生与社会的大智慧。

答 友 人

一对痴人两蠹虫，

不耽风月耽诗钟。

应知世上芳菲意，

尽在高山流水中。

【附】诗中之"友人"系昆明理工大学教授钱育渝。一次偶然的相遇，使我们结下文心之缘。两地唱和，三年飞鸿，合著而成《横山联唱·诗词联语集》。"蠹虫"即书虫；"诗钟"，古代文人巧对对联的一种文字游戏。

元旦贺岁

严冬草木未曾苏，

新岁翩然旧岁除。

幸有知音千里问，

离愁淡淡有还无。

【附】2010 年元旦，老友育渝从昆明发来贺岁诗："画堂冬暖日屠苏，新绽荼蘼满庭除。此刻殷勤千里问，砚底春风度也无?"读后，我步其原韵而作此诗。

贺 《梵净山植物志》 出版

奇葩异卉布荒芜，

深探精研才自殊。

实乃一花一世界，

辨析草木悟真如。

【附】贵州熊源新教授新著《梵净山植物志》出版，特写此诗以贺。梵净山在贵州铜仁、江口两县交界处，山多梵寺，故名。

书 法 寄 情

殷殷思念纸一方，

且把冰心化墨香。

沧浪情怀沧浪意，

梅兰雅筑挹芬芳。

【附】文友钱育渝教授常住昆明，在贵州也有一山居，名
"梅兰雅筑"。为表贺意，我为之书"梅兰雅筑"横匾，并随寄
此诗。

咏　莲

洗净铅华莲一枝，

天然本性呈风姿。

出尘不染去雕饰，

大美不言是吾师。

❧❧

【附】自北宋周敦颐写《爱莲说》，其后诵莲画莲之作渐渐多了起来。我亦爱莲，早将莲花与"梅兰竹菊"四君子并列，是我心中的五君子也。

抒 怀

我本楚狂人，诗情自纵横。

神飞接广宇，翰逸动心魄。

对酒多疏放，行文任率真。

逍遥天地外，来去一轻尘。

【附】"我本楚狂人"，乃李白名句，今借用之。"翰逸神飞"，为孙过庭《书谱》名句，凡喜书法者无人不知。至于"逍遥天地外"，则是庄子《逍遥游》之大境界。

朝 雨

朝雨洗浮尘，乾坤满眼新。

呼吸觉气爽，吐纳令身轻。

碧树叶如玉，晓花香更馨。

桃源无限意，鸟语知人心。

【附】历代诗人中，最喜王维。其"诗中有画，画中有诗"。无不具有"明月松间照"的禅意和"清泉石上流"的空灵。癸巳春，与诸友游映象桃源，雨后清晨，神清气爽，忽然想起王维，随意写成此诗。

夜游桃源

静夜闻天籁，畅怀五柳旁。

惠风来雅兴，秋色助文章。

篱下菊花隐，桃源茶味香。

且赊无价月，清欢共举觞。

【附】一日秋夜，和诸友同游黄陂映象桃源。无边秋色，撩
人情思。相聚五柳池旁，举杯开怀，饮酒赋诗，尽享"曲水流
觞"之清欢也！

游天心寺茶园

茶园自在行，林木天然青。

山秀静无语，泉清隐有音。

心闲悦鸟性，步缓觉身轻。

半日得真趣，随风入梦馨。

【附】穿行在天心寺的茶园小径中，两旁是兀然而立的丹山，泉水潺潺，隐隐有声。置身于寂静的山林，心灵如洗，别无挂碍。漫步其间，悠闲如隐者，真乃"半日得真趣"也！

寄惊蛰

相逢折桂时，无处不飘香。

诗赋寄清趣，秋千揽月光。

每嗟文章贱，更醉墨韵长。

穿石梧桐雨，惊蛰待草香。

【附】学生雷磊，敏而好学，潜玩于诗文之中，日有大进。我为其起一笔名曰"惊蛰"，寓耐得寂寞，待时而飞之意。诗中"秋千"出自我与他的一副对联。他出上联"秋千荡过千秋去"，我对曰"夏半拾得半夏来。"至于"穿石"，因其亦名"印雨"，我出下联"印雨一滴必穿石"，他对曰"惊蛰双雪终望月。"

中秋怀友人

海上生明月，中秋诗韵长。

梅兰索妙句，丹桂融书香。

同在横山上，共吟锦绣章。

琴台无限意，唱和忆流觞。

【附】中秋佳节，文友钱育渝寄诗以贺，我即以此诗和之。诗中"梅兰"，指钱兄在贵州的山居"梅兰雅筑"；"横山"则指我们合著的诗联集《横山联唱》。

自　况

文章如土欲何之，难得糊涂自笑痴。

无事常挥狂草笔，有暇亦读大唐诗。

每嗟荒废黄金日，更警珍惜白发时。

不叹年高岁月短，积习依旧探新知。

【附】此诗步现代著名诗人聂绀弩七律《八十》原韵："子
曰学而时习之，至今七十几年痴。南洋群岛波翻笔，北大荒原雪
压诗。犹是太公垂钓日，早非亚子献章时。平生自省无他短，短
在庸凡老始知。"

游 凤 凰 城

敲窗急雨洗边城，如画沱江景色新。

小镇风情迷远客，大师故里见文心。

精神到处文章老，学问深时意气平。

从此凤凰飞梦里，湘西山水忆空灵。

【附】随武汉作协采风团，去湘西凤凰城。对沈从文笔下的"边城"，留下了深刻印象。尤其是瞻仰沈从文先生的故居后，对这位文学大师，顿生仰止之心，久久难以忘怀。

寄学子

悠悠信史回头看，自古英雄出少年。

百岁光阴如梦蝶，三十而立莫等闲。

参禅贵在明心性，悟道岂能迷惑言。

寄语学人当勉励，山重水复更着鞭。

【附】有感于当下青年"重器轻道"的现状，用"庄生梦蝶"典故，警示人生之短暂；引孔子"三十而立"良训，勉励学子早立大志，奋发有为。在心灵层面，引导学子明确参禅悟道之宗旨，在于明心见性。

中 秋

一阕苏词万口传，每吟总是觉新鲜。

圆缺明月悬天宇，苦乐年华伴世间。

千里婵娟情与酒，百年幽梦雨和烟。

今宵共赏中秋月，把酒几人重问天。

【附】每到中秋，即记起苏东坡"明月几时有，把酒问青天"之名句。一个"问"字，包含了无尽的人生况味！屈原有《天问》，东坡有"问天"，如今，"把酒几人重问天"呢？

桂花吟 （二首）

（一）

奇葩自古比佳人，唯有桂花带月香。

高士几多折桂梦，琼浆不负采花郎。

无私草木盼知己，有趣人生惜寸光。

且学嫦娥舒广袖，好茶泡出好文章。

【附】桂花因与月宫联系在一起，故蒙上了一层奇幻的色彩。自古即有"折桂之说"，以喻夺冠与成功，故使桂花备受世人喜爱。加上嫦娥之美又融其中。更使桂花"美上加美"了。

（二）

一夜西风忽转凉，满园桂树竞飘香。

清芬九里接天际，秋色十分着淡妆。

几点新黄渗岩骨，一杯甘露润喉肠。

此茶未必月宫有，呼唤吴刚品玉浆。

【附】在桂花树下品茶，别有一番情趣。桂花之幽香与武夷岩茶之清香交融在一起，其香韵之美，妙不可言。品啜之间，"唯觉两腋习习清风生"！

南山窖雪

忆 陶 潜

陶潜逸事恍如烟，归去来兮忆往贤。

把酒东篱真隐者，躬耕南亩卧桃源。

笔抒胸臆寄清趣，诗赋幽怀得妙联。

欲辩忘言学浑沌，不求甚解好参禅。

【附】早年读陶潜（渊明）的《桃花源记》，感觉妙不可言！后来读了"采菊东篱下，悠然见南山"，更醉心于闲适自在的情致。生活于闹市中人，恐怕都会有"久在樊笼里，复得返自然"的向往吧。

咏　梅

品高一任群芳妒，不与残花论色空。

鹤子梅妻林和靖，冷香艳句陆放翁。

万般清丽迷青鸟，一点嫣红胜芙蓉。

独爱岁寒得雪趣，无声绽放自从容。

【附】历代咏梅诗句，最喜林和靖（林逋）的"疏影横斜水清浅，暗香浮动月黄昏"和陆放翁（陆游）的"零落成泥碾作尘，只有香如故"。梅花最可贵处，一是"岁寒独放"的风骨，二是"报春不争春"的淡定。

咏 竹

三友四君今古夸，删繁就简去浮华。

虚心常见低头叶，傲骨不开仰面花。

为器无声利百姓，作箫有韵醉流霞。

板桥笔墨意难尽，以竹为师成大家。

【附】竹，荣居"岁寒三友松竹梅"之列，亦享"梅兰竹菊四君子"之誉。可作竹器以利百姓，可为箫笛而呈风雅。"扬州八怪"的郑板桥，以竹为师，终生爱竹画竹，终成画坛怪杰。

慧 苑 行

茶园曲径通幽处，空谷潺潺溪水声。

游目骋怀惊造化，抚今思古感平生。

且将碧水清肺腑，还借丹霞去俗尘。

悟性不知身外事，禅茶一味顿觉深。

❦

【附】"慧苑"是天心永乐禅寺的下院，也是有几百年历史的老庙。每次去武夷山，必去慧苑，因其风景绝佳之故也。从天心永乐禅寺，步行至慧苑，约需一个小时左右。其景美，其茶香，使人如行山阴道上，沉醉其中，"不知身外事"也。

桃 源 行

群峰葱郁映桃源，满眼生机山水间。

茶树飘香花自在，清泉随意鸟悠闲。

五柳池边话魏晋，三巡酒后吟诗篇。

美哉一片清净地，欣遇陶公已忘言。

【附】友人陶德峰，素有山水情怀，在黄陂觅得一片清静山林，精心构建了融休闲娱乐为一体的生态园——映象桃源。此地茂林修竹，茶树飘香，颇有点陶渊明笔下"桃花源"的味道。加上桃源主人也姓陶，故朋友们戏称他为"陶公"。

中秋游桃源

桃源夜色净无烟，月洒清辉照玉林。

把盏畅谈魏晋事，品茗悠会古人心。

酒逢知己无非醉，月到中秋分外明。

同是天涯萧散士，吟诗泼墨总关情。

【附】时值中秋，几个文友，一起夜游映象桃源。玉盘般的明月，挂在浑茫的夜空，引发无尽的情思。一边望月，一边饮酒、赋诗、泼墨，畅快地领略了一番魏晋名士的风流。

读《孟子》

伟哉亚圣孟夫子，千古风流天下闻。

民贵君轻安社稷，心仁行善化群伦。

浩然正气随贵贱，壮者丈夫任浮沉。

我本狂狷萧散士，伴斯经典度平生。

【附】我在天心书院国学研修班讲授系列国学经典。讲完《孟子》后，特为学员们写作了这首七律。诗的末句言："伴斯经典度平生"，其意是说，要像孟子那样"养吾浩然之气"，做一个"充实而有光辉"的人。

重阳抒怀

老夫聊发少年狂，最喜东坡豪气扬。

醉意书中消岁月，痴情笔下走文章。

曾经沧海惊心事，已惯秋风扫叶忙。

闲唱大江东逝水，古稀童子度重阳。

【附】重阳登高，最易触动老人的情思。马致远"人生有限杯，几个登高节"，过于沉重，宜取东坡"聊发少年狂"的洒脱。老子《道德经》讲，人老了，要"复归于婴儿"；孔子说"不知老之将至"，于我心有戚戚焉。

秋　色

天高云淡意，秋思无尽长。欲问南去雁，
尔今飞何方？如往南山下，东篱菊正黄。
　五柳先生应犹在，桃源悠然诵华章。
　文辞尤爱秋声赋，人生几曾叹悲凉。
　秋色最喜王维句，清泉明月照松岗。
　秋风秋雨愁煞人，鉴湖侠气如剑芒。
　曾经秋肃临天下，鲁迅笔端透苍茫。
　一年一度秋风劲，毛公爱秋胜春光。
　我今逢秋怅寥廓，情思爽朗慨以慷。
不叹落日黄昏近，且享秋水长天无限好夕阳。

【附】无边秋色，无尽秋思。油然想起古今咏秋的诗文佳作。
五柳先生（陶渊明）"采菊东篱"的闲适，欧阳修《秋声赋》的
萧索，王维的清朗，鉴湖女侠（秋瑾）的豪气，鲁迅的凝重，毛
泽东的洒脱，都为高秋留下了妙句华章。

古琴曲韵

关山月下，渔樵问答；秋风词中，鸥鹭忘机。

白雪飘飘，梅花三弄丛中笑；

流水潺潺，阳关三叠忆故人。

孔子读易，堪称大雅；列子御风，凌虚飞鸣。

庄周梦蝶，神游六合；屈原问渡，泽畔行吟。

雉朝飞，平沙落雁；乌夜啼，秋江夜泊。

广陵散，鹤鸣九皋；泛沧浪，潇湘水云。

归去来兮慨古吟，松下独酌酒狂人。

举杯邀月良宵引，石上流泉听琴声。

【附】古琴被称为"圣人之器"，是古代仁人君子美好心灵的载体。古琴曲名也意蕴深长，耐人寻味。这首古风，尝试将部分古琴曲名连缀成诗，力求浑然天成，不留连缀痕迹。

霜天晓角·寄友人

千年佳话，点染诗书画。
多少感人前事，尽散去，堪风雅！

互相识才华，烟霞共品茶。
携手横山观花，流觞处，东篱下。

【附】此词寄友人钱育渝先生。词中"横山观花"之"横山"，指我们合著的诗词唱和集《横山联唱》。书中有联："赤壁赋山川大气；兰亭集雅士清流。"抒发了"曲水流觞，赏心乐事"的情怀。

一剪梅·咏怀

真乃天凉好个秋。
爽朗情思，林下闲游。
未闻知了念经声，
却有精灵，对我啁啾。

忽忆儿时兴未休。
抓了乌鸦，飞了斑鸠。
愿将童趣伴余生，
雪染眉头，春绿心头。

【附】 词中"天凉好个秋"句，化用辛弃疾《丑奴儿》词中的"却道天凉好个秋"。"雪染眉头，春绿心头"一句，化用李清照《一剪梅》中"一种相思，两处闲愁。此情无计可消除，才下眉头，却上心头。"但"却上心头"表现的是"闲愁"；而"春绿心头"表现的却是"愿将童趣伴余生"。

念 奴 娇·赤壁怀古

寻游赤壁，叹风光不再，江流依旧。

如画河山何处觅？怀抱恐难说透。

苏子当年，仰天长啸，词赋穿遐宙。

古今才俊，推东坡是魁首。

遥想大宋王朝，光宗苏氏，父子皆成就。

年少文章惊盖世，岂料仕途难受！

东黜西谪，儋州远逐，把荔枝吃够。

悠悠天问，大江东去时候。

———❧———

【附】因东坡"江山如画"句，对赤壁早有先睹为快的期盼。待到身临其境，却顿生"风光不再"之叹。虽今日之赤壁已非古赤壁，然东坡还是东坡，人长杰，地亦长灵。

潇湘夜雨·抒怀

检点平生，花开花落，

几番燕去桃红，瞬间已是白头翁。

人笑我，唐朝痴汉；余自谓，一介书虫。

凭栏处，天涯望断，难见伯钟。

忽闻天外，高山流水，来了飞鸿。

更横山联唱，趣味无穷！

风雅颂，梅兰词曲；诗赋酒，仰止情浓。

乘风去，遨游天下，两个老仙童！

【附】"几番燕去桃红，瞬间已是白头翁"，言时光易逝；"天涯望断，难见伯钟"，言知音难得；"乘风去，遨游天下，两个老仙童"所表达的是童心不泯，欲与天地精神相往来的情怀。

沁园春·自况

笑我今生，一介书虫，几许猖狂。

忆蹉跎往事，辛酸苦辣；家徒四壁，唯剩书香。

诸子雄文，诗词唐宋，笔下生花映寒窗。

豪情在，将胸中块垒，换了华章！

人生，如此匆忙。叹茬苒光阴鬓已苍。

幸五台奇遇，相知恨晚；伯牙琴韵，荡气回肠。

曲水流觞，飞鸿绕梦，两个仙童诗意长。

堪欣慰，看横山如画，无限风光！

【附】"将胸中块垒，换了华章"为本词"诗眼"。"块垒"指土块积砌成堆，比喻抑郁不平之气。古人常说："借他人之酒杯，浇自己块垒"，其意是指借助某种事物，来达到排遣愤懑的目的。

玉川子·咏茶

一壶清茶，堪寄托、千古悠悠怀抱。

神农本草，领秦汉、魏晋唐宋风骚。

茗香诗意，书画琴棋，更有《茶经》妙。

华夏神韵，古色古香茶道。

解得茶字意味，人在草木中，朗爽逍遥。

三饮七碗，玉川子、皎然佳句文藻。

世道人心，须清和敬静，去了浮躁。

禅茶一味，莫负秋月春晓。

【附】"玉川子"即卢仝，是与茶圣陆羽同时的唐代诗人，因写出《七碗茶》诗而名满天下。将"玉川子"作为词牌，是我的自创。所谓"人在草木中"，是对"茶"字的解析：上面为"草"，下面为"木"，中间是"人"。

巫山一段云·和友人

夜半秋风起，倚窗透新凉。

神清气爽写辞章，畅意抒衷肠。

天上明月光，相思分外长。

佳词一阕送君去，随梦沁心香。

【附】本词是一首唱和之作。钱育渝先生从昆明发来他的新作《巫山一段云》，嘱我和之，其词曰："落叶拂新槛，松芒透绮窗。莺啼婉转诉衷肠，睡醒茶瓯凉。檐外山色苍，溪头日影长。村前菽麦已堆场，童叟共拾筐。"

千秋岁·寄友人

桂香盈袖，红叶经霜秀。

秋正好，重阳酒。

登高吟啸处，佳词齐挥就。

联唱意，琴台共贺千秋寿。

铁笛同声奏，黄鹤遥相候。

千里望，情难诉。

酒逢知己饮，月好花甲后。

看老骥，神游天外心依旧。

【附】家住昆明的朋友李建忠，多年经营房地产行业，精进有成，为人谦和，有儒商风范。甲午秋，时逢他六十花甲吉日，特写此词以贺。建忠属马，故词中有"看老骥"之句。

朝中措·咏怀

佳词妙句韵流长，吟诵齿颊香。
卿相王侯何在？都如衰草枯杨。

云山怀抱，梅兰清趣，秋水文章。
最喜楼台烟雨，苍茫无限风光。

【附】《红楼梦·好了歌解》云："陋室空堂，当年笏满床；衰草枯杨，曾为歌舞场。"一语道破了"好就是了"的真相。世上真正具有永恒价值的东西，恐怕就是"云山怀抱"和"秋水文章"吧。

西 江 月·答友人

犹记五台山寺，笑谈今古名联。

黛螺妙句接文缘，流水高山可鉴。

自此飞鸿衔句，推敲涵咏三年。

几多苦乐几难眠，换取横山一卷。

【附】本词回忆与钱育渝先生的一段文缘。自五台山相识后，连续三年时间，用手机短信往还（我们戏称"飞鸿"）合著而成诗词集《横山联唱》。个中滋味，真可谓"几多苦乐几难眠，换取横山一卷"。

忆旧游·荆楚行

恰风梳细柳，雨润春烟，芳甸流香。

纵目荆襄地，想金戈铁马，剑影刀光。

仰瞻水镜神采，余韵耀南漳。

大隐隐于朝，浮云富贵，旷世名扬。

忠良，古人去，叹刹那须臾，空了城墙。

往事知多少，尽随东流水，衰草枯杨。

大江岂可淘尽，雄楚铸华章。

听古老编钟，翻新曲舞金凤凰。

【附】参加湖北省楚商发展促进会组织的"荆楚文化行"，参观了荆州古城，荆州博物馆，古隆中，南漳水镜庄，炎帝故里等地。万千感慨，都融汇于此词中。

金人捧玉盘·登黄鹤楼

赋名楼，黄鹤去，妙诗留。

放眼望，浩荡江流。

晴川故事，忆烟波江上使人愁。

李白名句，送浩然，帆影扬州。

登楼处，楚天阔，涛浪涌，转沙鸥。

这次第，思绪悠悠。

佳联评点，荡气回肠，此意难休。

纵观古今，数琴台，绝唱千秋！

【附】黄鹤楼是千古名楼，也是大武汉的象征。作为一个喝长江水长大的老武汉人，对白云黄鹤一往情深。一日，和几位文友重登久违的黄鹤楼，放眼江流，遥想古今，不禁诗情泉涌。

五字联

（一）

笔书天地外

道法自然中

【附】书法艺术，功夫在书外。古今书法大家，无不重技之外，更为重道。严谨治学与涵养情怀并重，故能心手双畅，翰逸神飞。

五字联

（二）

四诗风雅颂

三道香茶花

【附】中国第一部诗歌总集《诗经》，由风、雅、颂三部分组成。其中，雅又分为大雅和小雅，故《诗经》称"四诗"之经。用"三道"对"四诗"，形象地概括了中国雅文化。

五字联

（三）

今古千年史

兴亡两字经

【附】悠悠千年历史，无非是古今的不断演绎；而一朝一代的更迭，亦不过是"兴亡"二字而已。故以史为鉴以明兴亡，以人为鉴而知得失。

五字联

（四）

一花一世界

三藐三菩提

【附】"一花一世界，一叶一如来"，乃是禅宗之智慧，寓"须弥纳芥子，芥子纳须弥"之意。"三藐三菩提"为梵语，意为无上正等正觉。

五字联

（五）

心醉无人晓

神闲有鹤知

【附】张代重先生送我一本诗词集，书名为《心醉无人晓》，颇有禅意。于是以"神闲"联对之。一为"无人晓"，二是"有鹤知"，禅味更浓了。

七字联

（六）

黄鹤带云挥梦笔

长江泼墨醉丹青

【附】黄鹤白云，一体不二，故说"黄鹤带云"。黄鹤以云为笔，挥写着千年梦想。而滚滚长江浪涛泼墨，点染着万里江山。

七字联

（七）

虚心有节竹君子

空谷传声兰美人

【附】"铁石梅花气象，山川香草风流"。岁寒三友"松竹梅"和"梅兰竹菊"四君子，一直成为仁人君子的象征，受到广泛赞誉。其中，竹的"虚心有节"和兰的"空谷传声"，更是以其高尚的人格魅力，令人高山仰止，心向往之。

七字联

（八）

轮番风雨花开谢

辗转春秋燕去来

【附】"一燕来而晓阳春至，一叶落而知天下秋"。花开花谢，燕去燕来，周而复始，永无穷尽。人生天地之间，既不因"轮番风雨"而感叹，也不为"辗转春秋"而悲伤。只是珍惜当下，过好每一个属于自己的"今天"。

七字联

（九）

酒是英雄呈本色

茶为名士自风流

【附】"对酒当歌"是人生的一种况味，"对友品茶"亦是人生的一大快事！这一动一静的互补与交融，构成了中国文化的两种特质：豪放与婉约。各美其美，美美与共。

七字联

（十）

鸟语听多能解意

花香闻久渐知心

【附】庄子曰："天地与我共生，万物与我为一。"老子曰："人法地，地法天，天法道，道法自然。"当人类可以听懂鸟语，可以体悟花心的时候，那就臻于"天人合一"之美好境界了。

七字联

（十一）

茶染烟霞分六色

杯融雅趣透千香

【附】茶得天地之灵气，而分六色：绿黄黑白青红。各尽其妙，各显其美。正如东坡所言："从来佳茗似佳人。"不管是哪一款茶，一经活水冲泡，都会绽放独特的清香。

七字联

（十二）

独居斗室孤清夜

一看郊原浩荡春

【附】"独居斗室"为静；"一看郊原"为动。动静相映成趣。至于"孤清夜"和"浩荡春"，则隐含只有耐得大寂寞者，才能享受大欢乐。

七 字 联

（十三）

春江花月千秋美

道德文章万古流

【附】春江花月夜，在初唐诗人张若虚笔下，显得是那样空灵和优美。和春江花月相映生辉的，是几千年薪火相传的中华文化和道德文章。

七字联

（十四）

世味苦甘云水淡

人情薄厚禅心平

【附】弘一法师诗云："君子之交，其淡如水。执象而求，咫尺千里。"人世苦甘不二，人情薄厚不二，能淡看此人情者，即禅者也。

七 字 联

（十五）

窗含西泠四时景

笔写东篱五柳心

【附】"东汉文章留片石，西泠翰墨著千秋"，西泠印社的精神与风骨尽含其中。"采菊东篱下，悠然见南山"，五柳先生（陶渊明）的淡泊与襟怀亦尽在其中。以"西泠"对"东篱"，颇耐寻味。

多字联

（十六）

雨霖横山上，长亭观雪

人在草木中，雅士品茶

【附】"雨霖横山上"是一"雪"字；"人在草木中"，是一"茶"字。一写长亭送别，寓"西出阳关无故人"之情；一写雅士品茶，有"浮生偷得半日闲"之趣。

多字联

（十七）

茫茫天地何求，花落随花去

滚滚英雄谁在，我思故我存

【附】对宇宙和生命的彻悟，使我们能够从容淡定地面对一切无常变化，这是禅者的智慧，是"我思故我存"的真谛所在。

多字联

（十八）

人在红尘，难免几分俗气

身居闹市，宜生一点禅心

【附】痛苦，是物质对精神的凌辱；享受，是精神对物质的征服。这"一点禅心"，是红尘中人最为难得和宝贵的。

多字联

（十九）

东坡戴笠陆游，儋耳传佳话

屈原怀沙江淹，汨罗祭国殇

【附】上联是钱育渝先生所出，下联由我所对。

上联由三个古今人物组成：北宋苏东坡、南宋陆游、中华民国政府军统局头目戴笠。"儋耳"，即今海南岛。下联用三个古今人物相对：战国时的屈原、南北朝时的江淹以及现代的文怀沙。"汨罗"，在今湖南省，为屈原投江殉国处。

多字联

（二十）

曹孟德磨砺石碣，观海吟绝唱

俞伯牙断折古琴，临江恸知音

【附】上联由钱育渝先生所出，下联由我所对。"曹孟德"即曹操。其诗《短歌行》曰："东临碣石，以观沧海。"下联用"伯牙摔琴谢知音"典故。

多字联

(二十一)

韭菜白菜菠菜，清香清淡清爽，尔宜素食长寿

兰花菊花梅花，高雅高洁高风，吾常观赏养心

【附】上联由钱育渝先生所出，下联由我所对。上联出三种常见蔬菜，凸显"素食长寿"主旨；下联以"三君子"花以对，彰显"观赏养心"雅兴。

多字联

（二十二）

润彩笔飞扬褚墨，绘几只兀立珍禽，点缀些竹石苍苔，挥洒些雨丝风片，更着些鹅黄鸭绿，布幽怀意境，抒雅志高风，何惮清寂凄苦。

入山野远离尘嚣，住一间歪斜茅舍，种植点青蔬果树，摆弄点茶具酒盅，再加点笔砚琴棋，看朗月疏星，听松声泉韵，岂非轻松行禅？

【附】上联由钱育渝先生所出，根据其家父收藏的一幅李苦禅先生的国画立意。下联由我所对，尽现山野之人旷达闲逸，超然物外的情怀。

多字联

(二十三)

　　凡大医治病，必当安神定志，无欲无求，先发大慈恻隐之心，誓愿普救含灵之苦。若有疾厄来求救者，不得问其贵贱贫富、长幼妍媸、怨亲善友、华夷愚智，普同一等，皆如至亲之想。亦不得瞻前顾后，自虑吉凶，护惜身命。见彼苦恼，若己有之，深心凄怆，勿避险巇。昼夜寒暑、饥渴疲劳，一心赴救，无作工夫形迹之心。如此可为苍生大医。

　　盖名师育人，须是传道明心，有德有识，尽弃功利浮华者志，常怀春风化雨者心。如逢弟子欲问学也，无论求者高低钝聪，尊卑优劣，谦慢亲疏，远近汉蛮，教化无别，率以仁爱者施。何曾见爱富嫌贫，权衡利害，辱没斯文。观其高风，似山屹也，气质博雅，无沾庸俗，晨昏夏冬，殚精竭虑，终日勤思，乃垂德艺品行者范，若斯堪为学子旌表。

【附】读唐代伟大医学家孙思邈所写的《大医精诚》，诵之再三，对其高尚医德由衷感佩！遂以其文为上联，以《名师精诚》对之。大医救人性命，名师塑人灵魂，皆可歌可赞也！

江 城 赋

——题朱聚一《江城胜景图》

《江城胜景图》赫然在目，江山如画，美不胜收。

武汉亦称江城，盖源于李白"黄鹤楼中吹玉笛，江城五月落梅花"名句。其后崔颢题诗，李白搁笔，或孤帆远影，或芳草晴川，更有伟哉毛公长江横渡，极目楚天，大江东去，淘不尽千古风流！

试看江城胜景：两江交汇，三镇对峙以分；龟蛇锁江，七桥横空而架。黄鹤古韵，琴台遗响，归元梵唱，宝通晨钟。东湖磨山秀色，关羽卓刀灵泉。梅园疏影横斜水清浅，牡丹暗香浮动月黄昏。旧貌更增新景，楚河汉街；名城又绘宏图，云蒸霞蔚。地灵人杰，物华天宝；山川相缪，郁乎苍苍。

孟子曰："充实之谓美，充实而有光辉之谓大，大而化之之谓圣，圣而不可知之之谓神。"孟子之言，其言江城乎？

大江大湖大武汉，大哉武汉也；美山美水美风景，美哉武汉也；圣地圣事圣人物，圣哉武汉也；神奇神异神卓越，神哉武汉也！

观《江城胜景图》长卷，胸中丘壑，纸上烟云，笔底波澜，袖里乾坤。纵览胜景，引吭高歌！谁言"黄鹤一去不复返"，而今翩翩又飞回！

【附】朱聚一，著名禅意画家，中国佛教文化艺术馆顾问，湖北佛教书画院院长。武汉大学教授、国学大师唐明邦高度评价其作品："聚一先生的禅意画作，若无澄心静虑的平时打点，焉能运笔绝妙，出神入化，无古无今。"这篇《江城赋》是应朱聚一先生之约，为他的长卷绘画所作的题跋。著名作家、湖北省文联主席熊召政先生，特为《江城胜景图》题写图名。

洪 山 赋

　　江城东南，乃我洪山，历史悠久，洋洋大观。古属西周鄂王之封地，继为东周庄王之域疆。其后，或属秦王之南郡，或归汉帝之江夏，或划明代之上江，或隶民国之武昌。地处江汉，沃野茫茫；钟灵毓秀，郁乎苍苍。旷古传奇，关公卓刀为泉；物华天宝，塔影钟声紫菘。

　　人物俱往矣，风流看今朝。承前启后，纷呈三楚气象；革故鼎新，描绘世纪宏图。农业大区，记忆犹新；新型之城，卓然而立。蒸蒸日上，三区两翼增色；欣欣向荣，九街一乡齐飞。大格局大思路大手笔，气贯天下；大学城科技城创意城，蜚声九州。文化为根，浩浩春风化雨；科教兴区，莘莘学子成才。科技一条街，敢为人先；天兴一座洲，生态盎然。上下齐心，名列全国先进；励精图治，未来任重道远。

　　泱泱中华，惠风和畅；核心价值，字字铿锵。笃实践行，再创文化五城；敬业图强，重塑富足洪山。为江城增色兮，美哉洪山；为中华振兴兮，有我洪山。

　　中国心洪山心，心心相印；

　　中国梦洪山梦，梦梦成真！

琴台赋

天下亭台，可观可咏者甚蕃。春秋吴王夫差建姑苏台，日与西施饮宴行乐于此。曾几何时，为越王勾践所灭。感昔日烟柳之繁华，成眼前旧苑之荒台，李白仰天长啸："只今惟有西江月，曾照吴王宫里人。"三国曹操，好大喜功而筑铜雀台。富丽堂皇，呈一时之盛；朝歌夜弦，奏升平之乐。然赤壁一战，雄风安在？叹大江东去，惜折戟沉沙，杜牧慷慨悲歌："东风不与周郎便，铜雀春深锁二乔。"陈子昂登幽州台，吟出千古绝唱："前不见古人，后不见来者。念天地之悠悠，独怆然而涕下。"辛弃疾临郁孤台，写下动人词章："郁孤台下清江水，中间多少行人泪。"

余盘桓琴台，思接千载。究天人之际，思古今之变，窃以为天下大美之景观，皆由大美之人物注其生命，荡其灵气，铸其精神，成其美名。正所谓"人杰地灵"者也。

遥想当年琴台，无苏台之富丽，无铜雀之堂皇，无幽州台之千古绝唱，无郁孤台之动人词章。然琴台历千年而不朽，经万世而弥彰，盖因有大美之人物存焉。

大美者谁耶？乃楚人伯牙、子期。伯牙虽为上大夫，然高情远致，玉壶冰心；子期虽山野樵夫，然德高品洁，气度不凡。《列子·汤问》载："伯牙善鼓琴，钟子期善听。伯牙鼓琴，志在高山。钟子期曰：'善哉，峨峨兮若泰山。'志在流水，钟子期曰：'善哉，洋洋兮若江河。'钟子期死，伯牙破琴绝弦，终身不复鼓琴。后人感知音之不在，喟然而叹曰："摔破瑶琴凤尾寒，子期不在对谁弹？春风满面皆朋友，欲觅知音难上难。"

呜呼！"相识满天下，知心能几人"，此非世人之感叹乎？"恨无知音赏，知音世所稀"，此非孟浩然之诗句乎？"生不用封万户侯，但愿一识韩荆州"，此非李太白之慨叹乎？"人生得一知己足矣，斯世当以同怀视之"，此非鲁迅之赠于秋白乎？伯牙、子期之心，天地之心也。如此大美之人，焉能不奏出高山流水之曲？又焉能不永垂源远流长之琴台欤！

古人云："恩德相结者，谓之知己；腹心相照者，谓之知心；声气相求者，谓之知音。"昔楚客有歌于郢中者，其始曰《下里》、《巴人》，国中属而和者数千人；其为《阳春》、《白雪》，国中属而和者不过数十人。伯牙奏高山流水之曲，知音者子期一人，此伯牙之大幸耶，抑伯牙之大悲耶？

　　往事越千年，伯牙渺渺乘风去；佳话传百代，知音纷纷慕名来。喜神州大地，海晏河清；看今日琴台，美如仙境。聚三楚之灵秀，集两江之磅礴。大剧院美轮美奂，有键飞袖舞之神韵；音乐厅巧夺天工，呈流水行云之风格。高台观江，飘飘乎天上宫阙；湖心赏鱼，恍恍兮海市蜃楼。九凤朝阳，闻编钟以翔舞；八景添彩，醉游人而流连。林廻雅乐，洞觅仙踪；月映水榭，柳拂长堤。九曲栈桥，尽赏荷风曲淑；琴台残月，晓迎梵寺朝晖。水天一色，惊月湖之潋滟；灵鹫飞来，贪梅岭之秀色。多情笑我，效子期之聆听；忽闻天籁，岂伯牙之抚琴？

　　噫吁兮！我看琴台多妩媚，料琴台看我应如是。盛世烟景，陶然而醉；琴台美色，假我文章。沐和谐之甘雨，神清气爽；登艺术之殿堂，引吭高歌。伯牙子期之风雅兮，与天地同在；高山流水之清韵兮，与日月齐光！

归元禅寺赋

天下古寺，各传其名，或睿智如显通，或玄空如灵隐，或飘逸如栖霞，或幽远如天心。归元禅寺，寓无二之妙意，获直书之殊荣。三楚明珠，落江城以毓秀；烈马回头，临汉水而生辉！

观其寺也，依葵园之旧址，结善缘于知音。云护法堂，映疏竹而自在；鸟鸣深树，拥殿阁以长春。白光主峰，开山嗣祖；太虚讲经，教化群伦。传曹洞之法门，单瓢只杖；彰不凡之道行，泽被山林。天子赐玺，元首题匾，玉佛生光，经阁藏珍。历经磨难香火在，继祖传灯四百年。十年浩劫，名刹堪危；昌明谏言，梵宇斯存。此佛门之大幸，亦生民之福祉也！

山门重开，广纳四海；八方信众，香客如云；大雄宝殿，气象庄严；五百罗汉，妙相横生。藏经阁上，煌煌经卷含笑；瑞莲池中，清清水波宜人。大师远去，舍利入塔；双面观音，高接云天。稀世和田，玉佛镇寺之宝；弘法利生，禅寺后继有人。

夫"归元"者，归本也，归真也，归一也。天归元以清，地归元以宁，人归元以灵，万物归元以生。贪嗔痴慢，世多业障；净心归元，不二法门。涤昏昧于梵唱，朝念夕诵；振庸聩以清音，暮鼓晨钟。参禅悟道，见性成佛，众善奉行，福莫大焉。

大哉乾元，壮哉坤元，菩提妙谛，悟元归元！

【注释】：

一、"或睿智如显通"等四句："显通"指山西五台山的显通寺；"灵隐"指杭州西湖的灵隐寺；"栖霞"指江苏南京的栖霞寺；"天心"指福建武夷山的天心永乐禅寺。

二、"寓无二之妙意"：《楞严经》卷六中，有"归元性无二，方便有多门。圣性无不通，顺逆皆方便"之偈语。

三、"获直书之殊荣"：清代道光二十三年（1843年），道光皇帝欣闻归元寺大和尚白光、主峰道行不凡，深表嘉许，特追赐玉玺一方，用阴文篆刻"敕赐归元禅寺曹洞正宗传三十一世白光主峰禅师之印"。当时按钦定，因皇帝亲赐玉玺，归元寺名可以直书。同一般寺庙之名均横书相比，归元寺自显独特风格与殊荣。

四、"烈马回头"：归元禅寺的建筑风格与众不同：一是大山门不逢中，朝东偏北；二是韦陀殿门也不逢中，朝东偏南。正好形成"烈马回头"的格局，暗寓"一进山门，归心向佛"之意，与"归元"二字相呼应，独具匠心。

五、"依葵园之旧址"：葵园是明代万历年间兴建的著名胜境，幽雅秀丽，景色宜人。加上葵园主人王章圃与当时著名文人"三袁"兄弟（袁宗道、袁宏道、袁中道）过从甚密，故留下了不少吟咏葵园的诗文佳作，为该处名胜增色不少。据载，归元禅寺于顺治十五年（1658年），开始在蔡园旧址兴造丛林。

六、"白光主峰"：白光主峰两兄弟，均为一代高僧，为开创归元寺建立了不朽功业。其中，主峰和尚于康熙三年（1664年）春，正式升座，成为归元寺第一任方丈。

七、"大虚讲经"：太虚大师是中国佛教界的一代宗师，诞生于1889年，圆寂于1947年。曾于1922年3月，到归元寺讲《圆觉经》一个多月，并于1922年7月16日，创立武昌佛学院，自任院长，梁启超任董事会第一任董事长。

八、"传曹洞之法门"：禅宗六祖慧能（唐代僧人），创立主张顿悟的南宗。从唐至宋，南宗又分出了曹洞、沩仰、临济、云门、法眼五宗，史称"一花开五叶"。

九、"天子赐玺"：见以上注释之三。

十、"元首题匾"：民国四年（1915年）11月，黎元洪副总统为归元禅寺亲书"归元古刹"和"胜大宏阔"横匾。

十一、"昌明谏言"：文革期间，时为归元寺管理员的昌明和尚，为保护归元寺文物，于1968年4月6日写信给周恩来总理，得到总理回复，使古寺幸免劫难。

十二、"大雄宝殿"：大雄宝殿、五百罗汉堂、藏经阁、瑞莲池等，均为归元禅寺标志性建筑景观。

十三、"舍利入塔"：归元禅寺方丈昌明大师圆寂后，其七彩舍利子，被恭送于归元寺新建的舍利塔中，永垂后世。

十四、"双面观音"：双面观音为归元寺新塑造像，耸立于观音广场正中，形象生动，高接云天，无比壮观。

十五、"稀世和田"：归元禅寺现有企业家捐赠的稀世珍宝——3.2

吨的和田玉，拟用数年时间将此玉雕琢成一尊玉佛，作为镇寺之宝。

十六、"业障"：业，泛指一切身心活动。佛教认为业发生后不会自行消除，必将引起善恶等报应。

十七、"不二法门"：又称无二，指对一切现象应无分别。佛教将它作为一种超越事物对立而达到佛学真理的方法论，故称为不二法门。

十八、"梵唱"：特指佛教念诵经文的声音，亦称梵呗。

十九、"菩提妙谛"："菩提"指对佛教真理的大彻大悟，亦指觉悟的智慧和觉悟的途径；"谛"，佛教指真实而正确的道理。

茶 赋

　　茶者，国饮也。得山水之精气以成嘉木，承天地之清露而生灵芽。色如秀玉，香如幽兰，味如仙泉，美如佳人。品之咏之，诗文雅士清趣；啜之饮之，寻常百姓人家。

　　茶之为饮，发乎神农。茶事茶俗，肇始先秦；茶诗茶赋，风流魏晋；茶艺茶道，演绎唐宋。其后茗香百代，以迄于今；更有陆羽《茶经》，享誉世界。泱泱华夏，茶韵悠悠；古国名茶，香飘环宇。茶之与咖啡，茶之与可可，同为三大名饮，然咖啡难比其甘醇，可可难比其清芬，唯茶中有灵气存焉。

　　茶染烟霞，披霓裳而六色；壶纳天水，烹绿云而千香。或龙井之甘冽，碧螺之香郁，银针之精爽，贡眉之清润；有普洱之醇厚，观音之芳馨，红袍之岩韵，祁门、正山之绵长。绿黄黑白青红，皆尽其妙；色香味形神韵，各领风骚。

　　茶之名世，始为药，再为饮，继而为文化。茶须慢品，方知其味，品茶即品人；茶须静参，方知其理，参茶即参禅；茶须顿悟，方知其道，悟茶即悟道。皎然三饮，得品茗之真趣；卢仝七碗，享乘风之逍遥。物我两忘，消受茶中日月；禅茶一味，神游壶里乾坤。

夫茶道者，正清和雅之道也。儒家之正气，道家之清气，佛家之和气，茶人之雅气。瑞气交融，蔚为大观。茶和天下，国泰民安。

雷锋赋

古今评说英雄人物，常以"永垂不朽"誉之。然果能不朽而名垂青史者，则寥若晨星矣。

雷锋乃上世纪中叶之英雄。当是时也，其事迹感动中国，其英名光昭日月；《雷锋日记》震撼心灵，"雷锋之歌"响彻神州；学习雷锋，蔚成时代风尚；雷锋精神，推进历史潮流；社会风气为之一变，国民素质为之一新。力量之巨大，影响之深远，可谓前追古贤，后启来者也。

历五十年之风雨，世事沧桑巨变，雷锋历久弥新。欣昔日道德之楷模，成当今励志之榜样。故知英雄之不朽，非一时之身外虚名，乃永恒之精神财富也。

雷锋其人，集大爱至善于一身；雷锋精神，熔中华美德于一炉。其心也，因感恩而止于至善；其志也，因磨砺而自强不息；其德也，因仁爱而厚德载物；其言也，因坦荡而诚信唯真；其行也，因利人而大美不言。平凡中见其伟大，伟大中蕴其平凡。

如此之英雄，如此之精神，吾国吾辈岂能不推崇弘扬者乎？

和 谐 赋

　　贞下启元，万象更新。神州起和谐之曲，广宇飞天籁之音。云蒸霞蔚，百鸟和鸣。惠风拂面，驰荡和畅之气；细雨如酥，蕴含祥和之情。木欣欣以向荣，泉涓涓而歌吟。松声竹韵，无非韶乐；春江花语，皆是和声。

　　仰观宇宙之大，俯察品类之盛。宇宙因和谐以生，天地因和谐而成；星空因和谐以灿，日月因和谐而明；山川因和谐以秀，江河因和谐而清；草木因和谐以葱郁，百花因和谐而芳馨；自然因和谐以富饶，社会因和谐而康宁；国因和谐以昌，家因和谐而兴；科学因和谐以真，艺术因和谐而美；事业因和谐以蓬勃，爱情因和谐而甜蜜；经济因和谐以均衡发展，文化因和谐而异彩纷呈。"万物负阴而抱阳，冲气以为和"，老子之言，诚至理明言者也！

　　呜呼和谐，奈何久违。弊端日显，窳败堪危。无视规律而肆意妄为，急功近利以湖湮山隳。破坏环境，悖"天人合一"而自逞；浪费资源，违"道法自然"以自困。滥砍滥伐，无边落木萧萧下；乱搭乱盖，漫天灰沙滚滚来。登高不能穷目，叹空气之混浊；宿鸟无以归巢，对秃山而伤悲。白云污染，难回黄鹤；废水横流，痛丧白鲑。

尤可痛者，乃在人文。十年动乱，贻害良深。道德滑坡，利令智昏；人心浮躁，趋伪弃真。有识之士，不忘己任；警世之言，掷地有声。没有科学，国力不振；没有人文，断难自存。况数典以忘祖，其无根也何新！

美哉和谐，幸乎重来。倡导和谐社会，英明之举；建设美好家园，民心所期。以史为鉴，民乃载水之舟；察纳雅言，运筹安邦之策。务实安民，诚乃治国之本；公平公正，实为和谐之基。践行执政宗旨，心系民生；彰显为民情怀，扶危济困。天时、地利、人和，金瓯一统；民情、民意、民心，众志成城。家和笑口常开，尽享天伦之乐；国和江山如画，处处绿水青山。

妙哉和谐，凤翥龙翔。阳春召我以烟景，大块假我以文章。为天地立心，此其时也；为往圣继绝学，文采流光。情真意切，畅抒赤子怀抱；翰逸神飞，挥写和谐华章。民安国泰，斯万民之福祉；天朗气清，惟放声而歌唱！

后　记

陈伯安/文

　　能与宏猷合出一本《南山窖雪》诗词集，真是三生有幸！

　　书名是宏猷定的，出自他的《无题》诗句："且归南山窖雪去，一潭冰心一潭诗。"好一个"南山"，好一个"窖雪"，好一个"冰心"，好一个"潭诗"！特别是这个"窖"字，真有无穷韵味。

　　窖，是精华的积累，是岁月的沉淀。大凡珍贵之物，无不是"窖"出来的。好酒自不必说，上好的雪水，也需要用好坛来窖藏，以备来年烹茗煮茶。陆羽《茶经》专门谈到"好茶还须活水烹"。在活水中，最上乘的莫过于雪水了。试想，严冬时窖藏一坛南山雪，到了天高云淡的秋日，邀三五好友到南山采菊，一边以雪烹茶，一边吟诗品茗，该是何等畅快！

　　论交情，我和宏猷至少是四十年的"白云边老窖"。我心目中的宏猷，是一个具有阳刚之气的男子汉，是一个有才华、有良知、有情怀、有成就的作家。宏猷心目中的我，是一身书卷气和翰墨香的"唐朝人"。这样两个人碰到一起，自然会腹心相照，自然会声气相求。几十年来，只要我们在一起，就会有诗联唱和，就会有挥毫泼墨，就会有魏晋风流，就会有浅斟低唱。如"董宏猷真懂宏猷，傅炳业不负炳业"；"洪山高中高中榜首，天下良种良种杏坛"；"茶是哲学酒是诗，竹是风骨梅是魂"；"但愿人长久，千里共马虎"等，就是这样你一句我一句地对出来的。前不久，我们在一起小酌，我把新创作的一副联念给他听，宏猷听罢，连说"好联"，并立马续写了两句，变成了一首七绝：

轮番风雨花开谢，辗转春秋燕去来。（伯安）

白发迎风随他去，青山拍遍任剪裁！（宏猷）

类似这样的雅聚，已不知有多少次了。可惜所唱和的诗联大多没有保存下来，当时只是兴之所至，玩玩而已。多年在一起唱和，宏猷每一次都有奇思妙想，或雅或俗，或豪或婉，皆见真性情，大趣味。读他《南山窖雪》中的诗词，就有不少这样的佳作。

受《南山窖雪》书名的启发，这次宏猷和我各选了108首诗汇编成书。何以要选108首呢？当年冯友兰先生曾撰联"相约以米，相期以茶"，表达对老友健康长寿的祝愿。联中的"米"和"茶",分别代表米寿八十八和茶寿一百零八。

南山窖雪,相期以茶。借本书出版之际,谨对朋友们致以美好的祝愿,并对为本书的出版付出了辛勤劳动的张福臣先生和青年才俊惊蛰致以由衷的谢意。

乙未年春月于闲云斋